AF546982

Eine Stadt im regnerischen Westen Irlands: eine passionierte Leserin kauft zufällig ein Buch und beginnt zu lesen und findet sich im Geschriebenen gespiegelt. Fasziniert schreibt sie an den ihr unbekannten Freund, den Autor. Wird er ihr antworten?
Der Band wird abgerundet durch die »Nobelpreis-Tage«, Bunins Schilderung seiner Reise nach Stockholm im Jahre 1933.
Swetlana Geier, die großartige Vermittlerin und Übersetzerin russischer Literatur hat die Meistererzählung Iwan Bunins neu übersetzt.

Iwan Bunin, 1870 geboren, erhielt 1933 als erster Russe den Nobelpreis für Literatur. Berühmt wurde er vor allem durch seine Novellen »Der Herr aus San Francisco« (1915) und »Mitjas Liebe« (1925). 1920 emigrierte er nach Paris, wo er 1953 starb.

Unsere Adresse im Internet: www.fischerverlage.de

Iwan Bunin

Ein unbekannter Freund

Aus dem Russischen
von Swetlana Geier

Fischer Taschenbuch Verlag

Die Übersetzung der 1923 in Berlin erschienenen Erzählung »Ein unbekannter Freund« folgt der 1966 im Verlag Chudoschestwennaja literatura, Moskau, erschienenen neunbändigen Ausgabe der Werke Iwan Bunins. Die Übersetzung der »Nobelpreis-Tage« folgt ebenfalls der 1966 im Verlag Chudoschestwennaja literatura, Moskau, erschienenen Fassung, einem Nachdruck aus Bunins Band *Vospominanija* (»Erinnerungen«), Paris 1950.

Umschlagfoto:
Wera Nikolajewna Muromzewa Bunina
beim Klavierspiel, 1907

Veröffentlicht im Fischer Taschenbuch Verlag,
einem Unternehmen der S. Fischer Verlag GmbH,
Frankfurt am Main, Dezember 2005

Lizenzausgabe mit freundlicher Genehmigung
des Dörlemann Verlags, Zürich

Satz: Dörlemann Satz, Lemförde
Druck und Bindung: Clausen & Bosse, Leck
Printed in Germany
ISBN-13: 978-3-596-16465-3
ISBN-10: 3-596-16465-6

Iwan Bunin

Ein unbekannter Freund

7. Oktober

Auf dieser *carte illustrée* mit der so traurigen und majestätischen Ansicht einer Mondnacht an den Gestaden des Atlantischen Ozeans beeile ich mich, Ihnen meinen heißen Dank für Ihr letztes Buch zu sagen. Diese Gestade sind meine zweite Heimat, Irland. – Sie sehen, aus welcher Ferne einer Ihrer unbekannten Freunde Sie grüßt. Seien Sie glücklich, und Gott behüte Sie.

8. Oktober

Hier noch eine Ansicht von jenem einsamen Land, wohin mein Schicksal mich verschlagen hat.

Gestern war ich bei strömendem Regen – bei uns regnet es immer und ewig – in die Stadt gefahren, um Besorgungen zu machen, habe zufällig Ihr Buch gekauft und las ununterbrochen auf der Rückfahrt zur Villa, die wir das ganze Jahr wegen meiner angegriffenen Gesundheit bewohnen. Vor lauter Regen und Wolken war es fast dunkel, die Blumen und das Grün der Gärten leuchteten ungewöhnlich grell. Die leere Trambahn fuhr sehr schnell und sprühte violette Funken, und ich las, las und fühlte mich, ich weiß nicht, warum, fast qualvoll glücklich.

Leben Sie wohl. Ich danke Ihnen nochmals. Ich möchte Ihnen noch etwas sagen, aber was? Ich weiß es nicht. Mir fehlen die Worte.

10. Oktober

Ich kann es nicht lassen und muß Ihnen schon wieder schreiben. Ich denke, daß Sie zu viele solcher Briefe erhalten. Aber das ist doch alles ein Echo der menschlichen Seelen, für die Sie schreiben. Warum also sollte ich schweigen? Haben Sie doch als erster eine Beziehung zu mir geknüpft, indem Sie Ihr Buch in die Welt, also auch an mich, hinaussandten …

Auch heute nieselt es schon den ganzen Tag auf unsern unnatürlich grünen Garten, in meinem Zimmer ist es schummrig, und seit dem Morgen wird der Kamin geheizt. Ich möchte Ihnen vieles sagen, aber Sie wissen ja besser als alle anderen, wie schwer es ist, fast unmöglich, sich mitzuteilen. Ich lebe immer noch unter dem Eindruck von etwas Unerklärlichem und Unbegreiflichem, aber unendlich Schönem, das ich Ihnen verdanke – erklären Sie mir doch, was es ist, dieses Gefühl? Und was die Menschen überhaupt erfahren, wenn sie sich der Wirkung der Kunst überlassen? Verzauberung durch menschliches Können und durch eine Kraft? Der erwachte Wunsch nach persönlichem Glück, der immer, immer in uns lebt und hin und wieder hoch auflodert, unter dem Einfluß einer sinnlichen Wahrnehmung – einer Musik, eines Gedichts, eines lebhaften Erinnerungsbildes oder gar eines Geruchs? Oder ist es die Freude an dem Gewahren der göttlichen Schönheit der menschlichen Seele, die uns nur wenige, solche Menschen wie Sie, offenbaren und uns daran erinnern, daß es sie, die göttliche Schönheit, gibt? Manches Mal, wenn ich lese, zuweilen sogar etwas Entsetzliches, entringt es sich mir plötzlich: Mein Gott, wie wunderbar ist das! Was bedeutet das? Vielleicht bedeutet es nichts anderes als: Wie wunderbar ist trotz allem das Leben!

Auf Wiedersehen! Ich werde Ihnen bald wieder schreiben. Ich denke, es ist kein bißchen aufdringlich und sogar üblich – an einen Schriftsteller zu schreiben. Außerdem brauchen Sie meine Briefe ja gar nicht zu lesen … Wiewohl mich dies natürlich sehr traurig machen würde. Ich muß mich entschuldigen, es mag vielleicht mißverständlich klingen, aber ich kann nicht umhin, es zu sagen: Ich bin nicht mehr jung. Ich habe eine fünfzehnjährige Tochter, schon eine vollendete junge Dame, aber früher war ich keineswegs häßlich, und seitdem habe ich mich keineswegs sehr verändert ... Ich möchte unter allen Umständen vermeiden, daß Sie mich als eine andere sich vorstellen als die, die ich wirklich bin.

11. Oktober

Ich schrieb Ihnen, dem Bedürfnis folgend, jene Erregung mit Ihnen zu teilen, in die mich Ihr Talent versetzt hat, das auf mich wie eine melancholische, aber erhabene Musik wirkt. Warum muß man denn – teilen? Ich weiß es nicht, und Sie wissen es auch nicht. Aber wir beide wissen ganz genau, daß dieses Bedürfnis des menschlichen Herzens unausrottbar ist, daß es das Leben zum Leben macht und daß darin ein großes Geheimnis beschlossen ist. Auch Sie schreiben ja nur diesem Bedürfnis folgend, sogar mehr noch – Sie gehen gänzlich und ohne Rest darin auf. Ich habe schon immer viel gelesen – und viel Tagebuch geführt, wie alle vom Leben unbefriedigten Menschen –, auch heute noch lese ich viel, ich habe auch Sie gelesen, aber nur wenig, ich kannte Sie eigentlich nur dem Namen nach. Und nun Ihr neues Buch … Wie eigenartig! Eine Hand hat irgendwo irgend etwas niedergeschrieben, eine Seele einen winzigen Teil Ihres innersten Lebens in leiser Andeutung ausgedrückt – denn was vermag schon ein Wort, sogar eines von Ihnen –, und auf einmal verschwinden Raum und Zeit, der Unterschied von Schicksal und gesellschaftlicher Position, und Ihre Gedanken und Empfindungen werden die meinen – sie sind uns beiden gemeinsam. Wahrlich, es gibt nur eine, die Einzige Seele in der Welt! Und ist dann mein Drang, an Sie zu schreiben, mich Ihnen mitzuteilen, etwas mit Ihnen zu teilen und zu klagen, nicht begreiflich! Sind denn Ihre Werke nicht dasselbe wie meine Briefe an Sie? Denn auch Sie teilen sich mit, auch Sie schicken Ihre Zeilen an jemand Unbekannten irgendwohin in den Raum hinaus. Auch Sie klagen, das meiste ist ja nichts als eine Klage, weil die Klage – mit anderen Worten ein Flehen um Mitgefühl – von dem Menschen unzertrennlich ist: In seinen Liedern, seinen Gebeten und seinem Liebesgestammel! Vielleicht werden Sie mir antworten, und wenn auch nur in ein paar Worten? Antworten Sie!

13. Oktober

Ich schreibe Ihnen wieder einmal nachts, schon in meinem Schlafzimmer, von dem unbegreiflichen Wunsch gequält, das zu sagen, was man so leicht naiv nennen könnte und was jedenfalls nicht so gesagt werden kann, wie es empfunden wird. Was ich sagen möchte, ist eigentlich nur sehr wenig: nur, daß ich sehr traurig bin, nur, daß ich mir selber leid tue – und daß ich in dieser Trauer und auch über diese

Trauer glücklich bin. Mit Trauer erfüllt mich der Gedanke, daß ich irgendwo in der Fremde bin, an den äußersten westlichen Ufern Europas, in einer Villa außerhalb der Stadt, inmitten des herbstlichen nächtlichen Dunkels und der Nebel aus einem Meer, das sich bis Amerika erstreckt. Es ist traurig, daß ich allein bin, nicht nur in diesem behaglichen, reizenden Zimmer, sondern allein in der ganzen Welt. Und am traurigsten für mich ist, daß Sie, den ich mir ausgedacht habe und von dem ich nun etwas erwarte, so unendlich fern sind, mir so unbekannt und natürlich, was ich auch dazu sagen kann, mir so fremd sind, und daß es so richtig ist.

Eigentlich ist alles auf dieser Welt bezaubernd, sogar dieser Lampenschirm und das goldene Licht der Lampe und die schimmernde Wäsche auf meinem bereits aufgeschlagenen Bett und mein Negligé und mein im Pantoffel steckender Fuß und mein magerer Arm in dem weiten Ärmel. Und um all das ist es sehr schade: Wozu das alles? Alles vergeht, alles wird einmal vorbei sein, alles ist eitel, wie auch mein ewiges Warten auf etwas, das mir das Leben ersetzt …

Ich bitte Sie sehr – schreiben Sie mir. Nur zwei, drei Worte, versteht sich, nur, damit ich weiß, daß Sie mich hören. Verzeihen Sie meine Beharrlichkeit.

15. Oktober

Das ist unsere Stadt und unsere Kathedrale. Die öden, felsigen Ufer – meine erste *carte postale* an Sie – liegen weiter nördlich. Aber auch die Stadt und die Kathedrale sind düster, bei uns ist alles schwarz. Granit, Schiefer, Asphalt und Regen, Regen …

Ja, schreiben Sie mir kurz, ich kann sehr gut verstehen, daß Sie mir nichts zu sagen haben, nichts, höchstens ein paar Worte, und ich werde, glauben Sie mir, nicht gekränkt sein, kein bißchen. Aber schreiben Sie, schreiben Sie!

21. Oktober

Hélas! Kein Brief! Und es sind schon fünfzehn Tage vergangen, seitdem ich Ihnen zum ersten Mal geschrieben habe …

Aber vielleicht hat Ihr Verleger Ihnen meine Briefe nicht nachgesandt? Vielleicht werden Sie durch dringende Arbeit, durch gesellschaftliches Leben in Anspruch genommen? Das wäre sehr traurig, aber immerhin besser als der Gedanke, Sie hätten meine Bitte einfach ignoriert. Dieser Gedanke wäre sehr kränkend und schmerzlich. Sie könnten sagen, mir stehe es nicht im mindesten zu, Ihre Aufmerksamkeit in Anspruch zu nehmen, und von Schmerz oder Kränkung könne nicht die Rede sein. Stimmt es denn, daß ich keinen Anspruch erheben darf? Vielleicht habe ich bereits diesen Anspruch, weil ich bestimmte Gefühle für Sie empfunden habe? Hat es denn je auch nur einen einzigen Romeo gegeben, der nicht bedingungslos Gegenliebe verlangt oder einen Othello, der ein

Recht auf Eifersucht gehabt hätte? Beide fragen: Ich liebe, ist es denn möglich, mich nicht zu lieben, ist es denn möglich, mir nicht treu zu sein? Geliebt zu werden, das ist kein schlichtes Wünschen – das ist viel komplizierter und viel mehr. Wenn ich etwas oder jemand liebe, dann ist es schon mein, dann ist es in mir … ich kann es Ihnen nicht richtig erklären, ich weiß nur, daß die Menschen es schon immer geglaubt haben und es immer noch glauben …

Wie dem auch sei, eine Antwort von Ihnen ist nicht da, ich aber schreibe abermals. Unversehens hatte ich mir eingeredet, Sie seien mir irgendwie nahe – habe ich es mir wirklich nur eingeredet? –, und glaubte nun selbst an meine Phantasie, schrieb beharrlich an Sie und bin inzwischen überzeugt, daß es, je länger ich an Sie schreibe, mir immer notwendiger wird, weil dadurch die Beziehung zwischen mir und Ihnen immer mehr erstarkt. Ich kann Sie mir nicht vorstellen, ich habe nichts vor Augen, nicht einmal Ihr Äußeres. An wen schreibe ich denn? An mich selbst? Aber das ist gleichgültig. Denn auch ich bin – Sie.

22. Oktober

Heute ist ein herrlicher Tag, es ist mir ganz leicht ums Herz, die Fenster sind weit geöffnet, die Sonne und die laue Luft erinnern an Frühling. Dieses Land ist eigentümlich! Der Sommer verregnet und kalt, Herbst und Winter verregnet und warm, mit einigen wunderbaren Tagen dazwischen, an denen man nicht weiß, ob es Winter oder italienischer Frühling ist. Oh, Italien, Italien und meine achtzehn Jahre, meine Hoffnungen, mein freudiges Vertrauen, meine Erwartungen an der Schwelle des Lebens, das noch in Fülle vor mir lag, ganz in durchsonnten Dunst gehüllt, wie die Anhöhen, die Täler und die blühenden Gärten um den Vesuv! Verzeihen Sie, ich weiß, daß dies alles keineswegs neu ist. Aber was kümmert's mich?

Vielleicht haben Sie deswegen nicht an mich geschrieben, weil ich für Sie zu abstrakt bin? Dann also einige Details aus meinem Leben. Ich bin schon sechzehn Jahre verheiratet. Mein Gatte ist Franzose. Ich habe ihn damals im Winter an der französischen Riviera kennengelernt, wir wurden in Rom getraut und ließen uns nach der Hochzeitsreise durch Italien für immer hier nieder. Ich habe drei Kinder, einen Sohn und zwei Töchter. Ob ich sie liebe? Ja, aber doch anders als die meisten Mütter, die die Erfüllung ihres Lebens nur in der Familie und in ihren Kindern sehen. Solange die Kinder klein waren, habe ich sie unermüdlich umsorgt, ihre Spiele und ihre Beschäftigungen immer geteilt, jetzt aber brauchen sie mich nicht mehr, und ich habe viel freie Zeit, die ich mit Lesen verbringe. Meine Verwandten sind in weiter Ferne, unsere Lebenswege haben sich getrennt, die gemeinsamen Interessen sind so gering, daß wir sogar nur selten korrespondieren. Die Position meines Gatten macht es mir zur Pflicht, am gesellschaftlichen Leben teilzunehmen, Besuche zu machen und zu empfangen und bei Soireen und Diners nicht zu fehlen. Aber Freunde und Freundinnen habe ich keine. Mit den hiesigen Damen habe ich wenig Gemeinsames, und an eine Freundschaft zwischen Mann und Frau glaube ich nicht.

Aber nun genug von mir. Sollten Sie antworten, dann erzählen Sie wenigstens kurz von sich. Wie sind Sie? Wo ist Ihr Zuhause? Lieben Sie Shakespeare oder Schelling? Goethe oder Dante? Balzac oder Flaubert? Lieben Sie Musik, wenn ja, welche? Sind Sie verheiratet? Sind Sie durch bereits lästige Bande gebunden, oder haben Sie eine Verlobte, in jenem zärtlichen und wunderschönen Stadium, da alles neu und freudig ist, da es noch keine Erinnerungen gibt, die einen nur bedrücken, täuschen, als hätte es ein Glück gegeben, das man verkannt und vergeudet hätte?

1. November

Kein Brief von Ihnen. Welche Qual! Eine solche Qual, daß ich zuweilen Tag und Stunde verfluche, da ich mich entschloß, Ihnen zu schreiben …

Das Allerschlimmste ist, daß es keinen Ausweg gibt. Sooft ich mir selbst beteuere, daß niemals ein Brief kommen wird und daß mein Warten sinnlos ist, warte ich trotzdem: Wer könnte dafür bürgen, daß er wirklich nicht kommt? Ach, wenn ich nur die Gewißheit hätte, daß Sie nicht schreiben werden! Schon damit wäre ich glücklich. Übrigens, nein, nein, Hoffnung ist immer noch besser. Ich hoffe, ich warte!

3. November

Kein Brief, und meine Qual dauert an … Übrigens, schwer sind nur die Morgenstunden, wenn ich mit unnatürlicher Ruhe und Gelassenheit, aber mit vor Beherrschung eiskalten Händen mich ankleide, zum Morgenkaffee erscheine, die Klavieraufgaben meiner Tochter abhöre, die so rührend fleißig übt und mit so entzückend geradem Rücken am Flügel sitzt, wie nur fünfzehnjährige Mädchen sitzen. Gegen zwölf kommt endlich die Post. Ich stürze mich auf sie, entdecke nichts – und bin beinahe ruhig bis zum nächsten Morgen …

Heute ist wieder ein wunderbarer Tag. Die niedrig stehende Sonne verbreitet ein klares und mildes Licht. Im Garten viele kahle, schwarze Bäume, die Herbstblumen blühen noch. Etwas Zartes, Himmelblaues, ausnehmend Schönes liegt über den Tälern, hinter den Zweigen des Gartens. Und im Herzen – Dankbarkeit gegen irgend jemand, für irgend etwas. Wofür? Es ist ja nichts, und es wird nichts sein … Und wenn das nicht stimmt? Ist es wirklich nichts, wenn sie da ist, diese herzergreifende, rührende Dankbarkeit?

Auch Ihnen danke ich, weil Sie mir die Möglichkeit schenken, Sie zu erfinden. Sie werden mich niemals kennenlernen, Sie werden mir niemals begegnen. Aber auch darin liegt ein großer, trauriger Reiz. Vielleicht ist es gut, daß Sie mir nicht schreiben, daß Sie mir keine Silbe geschrieben haben und daß ich mir von Ihnen kein lebendiges Bild machen kann. Könnte ich denn mit Ihnen so sprechen und fühlen wie jetzt, wenn ich Sie kennen würde, wenn ich auch nur einen einzigen Brief von Ihnen erhalten hätte? Sie wären gewiß nicht mehr derselbe. Sie wären gewiß ein bißchen schlechter, und ich könnte Ihnen nicht mehr so unbefangen schreiben …

Es wird kühl, aber ich schließe das Fenster noch immer nicht und kann die Augen noch immer nicht von dem blauen Schleier der Täler und Hügel hinter dem Garten abwenden. Dieses Blau ist nahezu quälend schön, quälend, weil man damit etwas machen muß. Aber was machen? Ich weiß es nicht. Wir wissen gar nichts!

5. November

Dies hier ähnelt einem Tagebuch, aber es ist kein Tagebuch, weil ich jetzt einen Leser habe, wenn auch nur einen vorgestellten …

Was veranlaßt Sie zu schreiben? Der Wunsch, etwas zu erzählen oder sich auszusprechen (und sei es nur indirekt)? Natürlich – das zweite. Neun Zehntel aller Schriftsteller, sogar der ruhmreichsten, sind nichts als Erzähler, das heißt, sie haben mit dem, was mit Recht Kunst genannt wird, nichts gemeinsam. Und was ist Kunst? Gebet, Musik, Gesang der menschlichen Seele … Ach, könnte man nur einige Zeilen hinterlassen, daß man gelebt, geliebt und sich gefreut, daß man auch die Jugend, den Frühling und Italien gekannt hat … daß es ein fernes Land an den Ufern des Atlantischen Ozeans gibt, wo ich lebe, liebe und immer noch, sogar jetzt, etwas erwarte … daß auf diesem Ozean wilde und karge Inseln verstreut liegen, damit einem wilden und kargen Leben irgendwelcher, der ganzen übrigen Welt fremden Menschen, von deren Herkunft, deren dunkler Sprache, deren Leben und seinem Sinn niemand etwas weiß und niemals etwas wissen wird …

Dennoch warte ich, ich warte auf einen Brief. Jetzt ist es wie eine Zwangsvorstellung, eine Art Psychose.

7. November

Ja, alles ist sonderbar. Natürlich kein Brief, nein, nein, kein Brief. Weil dieser Brief nicht gekommen ist, weil eine Antwort des Menschen, den ich nie gesehen habe und den ich nie sehen werde, weil ein Echo auf meine Stimme, die ich irgendwohin in die Ferne, in meinen Traum hinaussandte, ausbleibt, bemächtigt sich meiner das Gefühl einer furchtbaren Einsamkeit, einer furchtbaren Leere in der Welt. Leere, Leere!

Und wieder Regen, Nebel, Alltag. Das ist

sogar gut, weil es so wie immer ist, so, wie es sein muß. Es beruhigt mich.

Auf Wiedersehen. Möge Gott Ihnen Ihre Grausamkeit vergeben. Ja, es ist trotz allem grausam.

8. November

Drei Uhr mittags, aber schon ganz dunkel vor lauter Nebel und Regen. Um fünf Uhr erwarten wir Gäste zum Tee. Sie werden im Regen kommen, in ihren Automobilen, aus der düsteren Stadt, die im Regen mit ihrem nassen schwarzen Asphalt, den schwarzen nassen Dächern und der schwarzen Kathedrale aus Granit, deren Spitze in Regen und Dunkel entschwebt, noch schwärzer ist …

Ich bin schon angekleidet und warte gleichsam auf meinen Auftritt. Ich warte auf den Augenblick, da ich alles das sagen werde, was sich gehört, immer liebenswürdig, lebhaft, aufmerksam, nur ein wenig blaß, was sich ohne weiteres durch das furchtbare Wetter erklärt. Ich fühle mich in Toilette verjüngt, als ältere Schwester meiner Tochter, und könnte jeden Augenblick in Tränen ausbrechen. Wie dem auch sei, es ist mir etwas Eigenartiges zugestoßen, etwas, das an Liebe erinnert. Liebe zu wem? Durch welche Macht?

Leben Sie wohl, ich erwarte nichts mehr – ich meine das ganz aufrichtig.

10. November

Leben Sie wohl, mein unerkennbarer Freund. Ich schließe meine unbeantworteten Briefe ebenso, wie ich sie begonnen habe, mit einem Dank. Ich danke Ihnen, daß Sie eine Antwort schuldig geblieben sind. Es wäre auch noch schlimmer, wenn es anders gewesen wäre. Was hätten Sie mir sagen können? Und wann hätten wir, ohne ein Gefühl der Verlegenheit, unsern Briefwechsel abbrechen können? Und was hätte ich Ihnen, außer dem bereits Gesagten, noch sagen können? Nichts mehr – ich habe alles gesagt. Eigentlich beansprucht jedes menschliche Leben nicht mehr als zwei, drei Zeilen. O ja, nur zwei, drei Zeilen.

Ich bleibe wieder allein, mit meinem Haus, mit dem nebligen Ozean in der Nähe, mit dem herbstlichen und winterlichen Alltag, aber mit dem eigentümlichen Gefühl, als hätte ich jemand verloren, und kehre wieder zu meinem Tagebuch zurück, von dessen Notwendigkeit, wie von derjenigen Ihrer Werke, Gott allein wissen mag.

Vor einigen Tagen habe ich von Ihnen geträumt. Sie waren eigentümlich schweigsam, saßen in der Ecke eines dunklen Zimmers, fast unsichtbar. Und dennoch sah ich Sie. Noch träumend fühlte ich: Wie kann man von jemand träumen, den man im Leben nie gesehen hat? Vermag nicht Gott allein aus dem Nichts zu schaffen? Mir wurde richtig unheimlich, und ich erwachte voller Angst, mit einem schweren Gefühl.

Fünfzehn, zwanzig Jahre später werden wahrscheinlich weder ich noch Sie auf dieser Welt sein. Bis zu einer Begegnung in einer anderen! Wer kann sicher sein, daß es sie nicht gibt? Nicht einmal unsere eigenen Träume, Geschöpfe unserer eigenen Einbildungskraft, verstehen wir. Ist sie denn unser, diese Einbildungskraft, oder, genauer gesagt, das, was wir unsere Einbildungskraft nennen, unsere Einfälle, unsere Träume? Folgen wir denn unserem Willen, wenn es uns nach der einen oder anderen Seele verlangt, wie es mich nach der Ihren verlangt? Leben Sie wohl. Nein, vielmehr: Auf Wiedersehen.

Seealpen, 1923

Nobelpreis-Tage

9. November 1933. Die gute alte Provence. Das gute alte Grasse, wo ich fast ununterbrochen ein ganzes Lebensjahrzehnt verbracht habe, ein stiller, warmer, grauer Tag im Spätherbst …

An solchen Tagen war ich noch nie zur Arbeit aufgelegt. Dennoch sitze ich, wie immer, seit dem frühen Morgen an meinem Schreibtisch. Auch nach dem Frühstück setze ich mich wieder hin. Aber nach einem Blick aus dem Fenster sehe ich, daß es bald regnen wird, und fühle: Nein, es geht nicht. Heute gibt es im *cinéma* schon am Tag einen Film – ich will ins *cinéma*. Auf dem Weg hinunter in die Stadt, von dem Berg, auf dem das »Belvedère« steht, habe ich Sicht auf Cannes in der Ferne, auf das an solchen Tagen kaum erkennbare Meer und auf die nebelverhangenen Hänge des Estérelle und ertappe mich bei dem Gedanken: Vielleicht wird gerade jetzt irgendwo dort, am anderen Rande Europas, auch mein Schicksal entschieden …

Im *cinéma* vergesse ich Stockholm. Als nach der Pause irgendeine heitere Belanglosigkeit mit dem Titel »Baby« beginnt, widme ich mich der Leinwand mit Interesse: Es spielt die hübsche Kissa Kuprina, Alexander Iwanowitschs Tochter. Und da, in der Dunkelheit, ein vorsichtiges Geräusch neben mir, dann das Licht einer Taschenlampe, jemand berührt mich an der Schulter und sagt feierlich und erregt, halblaut:

»Ein Anruf aus Stockholm …«

Und mein ganzes früheres Leben reißt auf einmal ab.

Nach Hause gehe ich ziemlich schnell, empfinde aber nichts anderes als ein Bedauern, daß es mir nicht vergönnt war, Kissas Spiel weiterzusehen, und ein gleichgültiges Mißtrauen gegenüber der Nachricht, die mir übermittelt wurde. Nein, es gibt keinen Zweifel: Ich sehe von weitem, daß mein um diese Zeit stets stilles und dunkles, in den menschenleeren Olivenhainen, die die Hügel oberhalb der Grasse bedecken, verlorenes Haus von oben bis unten hell erleuchtet ist. Und eine leise Trauer legt sich um mein Herz ... Eine neue Wendung meines Lebens.

Den ganzen Abend ist das »Belvedère« erfüllt vom Läuten des Telefons, aus dem irgendwelche Menschen in allen erdenklichen Sprachen aus so gut wie sämtlichen europäischen Hauptstädten mir etwas ins Ohr schreien, von dem Läuten des Postboten an der Tür mit immer neuen und neuen Glückwunschtelegrammen aus nahezu allen Ländern der Welt – von überall her, außer Rußland – und von dem Ansturm der ersten Besucher aller Art, von Fotografen und Reportern ... Die Besucher, deren Zahl fortwährend zunimmt, so daß ihre Gesichter immer undeutlicher vor mir verschwimmen, drücken mir von allen Seiten die Hand, wiederholen überstürzt und aufgeregt immer dasselbe. Die Fotografen blenden mich mit Magnesium, um danach über die ganze Welt das Bild eines bleichgesichtigen Irren zu verbreiten. Die Reporter überschütten mich um die Wette mit Fragen …

»Wann haben Sie Rußland verlassen?«

»Ich bin Emigrant seit Anfang 1920.«

»Haben Sie vor, jetzt nach Rußland zurückzukehren?«

»Aber, mein Gott, warum sollte ich jetzt wieder zurückkehren können?«

»Stimmt es, daß Sie der erste russische Schriftsteller sind, dem der Nobelpreis zuerkannt wurde, seitdem die Stiftung existiert?«

»Das stimmt.«

»Stimmt es, daß man den Preis auch einst Lew Tolstoj angeboten hat und daß er ihn ablehnte?«

»Das stimmt nicht. Der Preis wird niemals wem auch immer angeboten. Die Verleihung wird immer streng geheim entschieden.«

»Hatten Sie Beziehungen und Bekannte in der Schwedischen Akademie?«

»Niemals, keinen Menschen.«

»Für welches Ihrer Werke wurde Ihnen der Preis verliehen?«

»Ich glaube für alle meine Werke.«

»Haben Sie damit gerechnet, daß Sie den Preis erhalten?«

»Ich wußte, daß ich schon lange zur Zahl der Kandidaten gehöre, daß ich bereits mehrfach vorgeschlagen wurde, ich habe viele schmeichelhafte Beurteilungen meiner Werke von solchen bekannten skandinavischen Kritikern wie Böök, Osterling, Agrell gelesen, und da ich von ihrem Einfluß in der Akademie gehört habe, nahm ich an, daß sie sich ebenfalls zu meinen Gunsten äußern würden. Aber dessen sicher war ich mir natürlich nicht.«

»Wann findet die Verleihung der Nobelpreise üblicherweise statt?«

»Alljährlich zu demselben Termin: 10. Dezember.«

»Also werden Sie pünktlich zu diesem Termin nach Stockholm reisen.«

»Vielleicht sogar früher: Ich möchte so schnell wie möglich das Vergnügen einer solchen Reise erleben. Bei meiner Rechtlosigkeit als Emigrant, bei all den Schwierigkeiten, unter denen wir Emigranten unsere Visa erkämpfen müssen, bin ich seit dreizehn Jahren nicht ins Ausland gereist, bis auf ein einziges Mal nach England. Für mich, der einst die ganze Welt bereist hat, bedeutete das eine der größten Entbehrungen.«

»Sind Sie schon früher in den skandinavischen Ländern gewesen?«

»Nein, niemals. Ich habe viele und weite Reisen unternommen, wie gesagt, aber sie führten mich alle in den Osten oder in den Süden, den Norden aber habe ich mir für die Zukunft aufgespart ...«

So wurde ich völlig unerwartet von jenem reißenden Strom erfaßt, der sehr bald mein Dasein in eine Art wahnwitzigen Strudel verwandelte. Von morgens bis abends kein einziger freier und ruhiger Augenblick. Neben dem Üblichen, das alljährlich um jeden Nobelpreisträger brandet, ging mit mir kraft des Spezifischen meiner Lage, das heißt, meiner Zugehörigkeit zu jenem merkwürdigen Rußland, das heute über die ganze Welt verstreut ist, etwas vor, was vor mir keinem einzigen Preisträger der Welt geschah: Die Entscheidung Stockholms wurde für dieses ganze Rußland, das in all seinen Empfindungen derart erniedrigt und beleidigt war, zu einem wahrhaft nationalen Ereignis …

In der Nacht vom 3. auf den 4. Dezember bin ich schon weit von Paris entfernt. Der Nordexpress, das Coupé 1. Klasse – wie lange schon habe ich die damit verbundenen Gefühle nicht mehr erlebt! Mitternacht ist längst vorüber. Wir sind schon in Deutschland. Ich stehe immer noch im Vorraum unseres Waggons, der als letzter dem Zug angehängt ist. Unter dem Waggon reißt sich im bleichen Mondlicht etwas heraus und flieht zurück, das an Rußland erinnert: flache Ebenen, in fleckiger Trauer unter dem Schnee, und irgendwelche verschneiten Bäume ... Morgens in Hannover. Ich öffne die Augen, ziehe das Rouleau hoch – das Fenster ist vereist. Alles gefroren. Auch auf den Geleisen liegt Eis. Die Menschen auf dem Bahnsteig tragen Fellmützen und Pelze – wie lange habe ich all das nicht mehr gesehen, und wie lebendig ist es in meinem Herzen geblieben! Abends wird unser Zug auf das Schiff »Gustav V.« gefahren und langsam in Richtung auf die schwedischen Ufer zubewegt. Neue Interviews, neue Blitzlichter ... In Schweden wird mein Waggon von einer Menge Fotografen und Reportern buchstäblich belagert. Und erst später in der Nacht bleibe ich endlich wieder allein. Hinter den Fenstern Schwarz und Weiß – dichte schwarze Wälder in tiefem weißen Schnee. Dies alles, zusammen mit dem warmen, geheizten

Coupé, ist genauso wie die Nächte einst auf der Nikolaj-Linie ...

Die Preisverleihung findet alljährlich am 10. Dezember statt und beginnt Punkt 5 Uhr nachmittags. An diesem Tag wird sehr früh an die Tür meines Schlafzimmers geklopft, am Vorabend habe ich gebeten, mich nicht später als acht Uhr zu wecken. Ich fahre hoch und erinnere mich sofort, was für ein Tag heute vor mir liegt: Der allerwichtigste Tag. Die Uhr zeigt erst acht. Der nordische Morgen dämmert vor sich hin, die Laternen am Kai des Kanals, der sich unter meinen Augen dahinzieht, brennen noch, und jener Teil Stockholms, der ihn überragt, liegt mit seinen Türmen, Kirchen, Palästen vor mir und erinnert mich irgendwie an Petersburg, märchenhaft schön, wie nur bei Sonnenuntergang oder im Morgengrauen. Aber ich muß meinen Tag heute sehr früh beginnen: Der 10. Dezember ist der Todestag von Alfred Nobel, und deshalb muß ich einen Zylinder aufsetzen und an den Stadtrand fahren, zum Friedhof, wo Kränze sowohl an seinem Grab als auch an dem seines kürzlich verstorbenen Neffen Emanuel Nobel niedergelegt werden sollen. Gestern bin ich wieder erst um drei Uhr nachts zur Ruhe gegangen und muß jetzt, beim Ankleiden, immer wieder frösteln. Aber der Kaffee ist heiß und stark, der beginnende Tag ist klar und eisig, der Gedanke an die außerordentliche Zeremonie, die mich heute abend erwartet, erregend …

Die offizielle Einladung zu der Feier wird den Preisträgern einige Tage vorher zugesandt. Sie ist auf französisch, ein makelloses Beispiel jener Präzision, die sämtliche schwedischen Rituale auszeichnet:

»Die Herren Preisträger werden gebeten, sich im Konzertsaal zur Verleihung der Nobelpreise am 10. Dezember 1933 nicht später als um 16.50 Uhr einzufinden. Seine Königliche Majestät in Begleitung des Königlichen Hauses und des Hofes betritt den Saal, um an dem Festakt teilzunehmen und persönlich jedem der Preisträger den ihm zugesprochenen Preis zu überreichen, worauf die Saaltüren um 17 Uhr geschlossen werden und der Festakt seinen Anfang nimmt.«

Es ist absolut ausgeschlossen, sich bei einer schwedischen Einladung auch nur um eine Minute zu verspäten und nicht wenigstens zwei Minuten vor der verabredeten Zeit zu erscheinen. Deshalb beginne ich mit meiner Toilette schon vor drei Uhr nachmittags, aus Angst, es könnte irgend etwas Fatales geschehen: Wie, wenn plötzlich ein Knopf des Frackhemds verschwindet, was sämtliche Frackknöpfe auf der ganzen Welt mit Vorliebe tun?

Um 16.30 Uhr machen wir uns auf den Weg. An diesem Abend funkelt die Stadt ganz besonders hell – sowohl den Laureaten zu Ehren als auch dem nahenden Weihnachtsfest und dem neuen Jahr entgegen. Zu dem riesigen »Haus der Musik«, wo der Festakt immer stattfindet, fließt ein so dichter und endloser Strom von Automobilen, daß unser Fahrer, ein junger Gigant mit zottiger Fellmütze, nur mit äußerster Mühe vorwärts kommt: Uns rettet nur die Polizei, die beim Anblick des Cortège der Preisträger, die in solchen Fällen immer einer hinter dem anderen fahren, den gesamten Verkehr zum Stehen bringt.

Wir, die Preisträger, betreten das »Haus der Musik«, zusammen mit der Menge, werden aber im Vestibül sofort in Empfang genommen und durch einen besonderen Eingang weitergeführt, so daß ich über das Geschehen im Festsaal bis zu unserem Erscheinen auf der Bühne nur aus Erzählungen unterrichtet bin.

Dieser Saal ist wahrhaft erstaunlich durch seine Höhe und Weite. Jetzt ist er von oben bis unten mit Blumen dekoriert und überfüllt: Hunderte von Abendkleidern, geschmückt mit Perlen und Brillanten. Hunderte von Fräcken, Ordenssternen, Orden, bunten Bändern und allen möglichen anderen feierlichen Auszeichnungen. Zehn Minuten vor fünf erscheinen das gesamte schwedische Ministerkabinett, das Diplomatische Korps, die Schwedische Akademie, die Mitglieder des Nobelkomitees, und schon bald sind alle Eingeladenen auf ihren Plätzen und bewahren tiefes Schweigen. Punkt fünf Uhr verkünden die Fanfaren das Eintreffen des Monarchen. Die Fanfaren verstummen zugunsten der schönen schwedischen Nationalhymne, die sich irgendwo von oben in den Saal ergießt, und der Monarch erscheint in Begleitung des Kronprinzen und aller anderen Mitglieder des Königlichen Hauses, darauf das Gefolge und der Hof. Wir, die vier Preisträger, befinden uns während dieser Zeit immer noch in dem kleinen Saal, der sich an den hinteren Bühneneingang anschließt. Von der Bühne erklingen wieder die Fanfaren, und wir folgen jenen Mitgliedern der Schwedischen Akademie, die jeden von uns vorstellen und die Laudatio verlesen werden. Ich, dem es bestimmt war, seine Rede bei dem anschließenden Bankett als erster zu halten, betrete die

Bühne nach dem Ritual als letzter. Ich werde von Per Gallström begleitet, dem Sekretär der Akademie. Sobald ich die Bühne betrete, staune ich verblüfft über die Eleganz der riesigen Menge und darüber, daß beim Erscheinen der mit einer Verbeugung vortretenden Preisträger sich nicht nur der ganze Saal erhebt, sondern auch der Monarch höchstselbst mitsamt seinem Hof und seinem Haus.

Die Bühne ist ebenfalls riesig. Sie ist geschmückt mit frischen Blumen, mit kleinen rosa Blumen. Ihre rechte Seite ist für die Sessel der Akademiemitglieder bestimmt. Vier Sessel in der ersten Reihe links für die Preisträger. Darüber schweben an den Wänden in feierlicher Reglosigkeit die schwedischen Nationalfahnen: Gewöhnlich schmücken die Bühne die Fahnen der Länder, aus denen die Preisträger kommen, aber welche Fahne gehört zu mir, dem Emigranten? Die Unmöglichkeit, mir zu Ehren die sowjetische Fahne zu hissen, brachte die Veranstalter auf die Idee, sich meinetwegen auf eine einzige

Fahne zu beschränken, die schwedische. Ein wahrhaft vornehmer Gedanke.

Der Präsident der Nobelstiftung eröffnet die Veranstaltung. Er begrüßt den König, die Preisträger und erteilt dem Festredner das Wort. Dieser widmet sein erstes Wort der Würdigung Alfred Nobels – in diesem Jahr jährt sich sein Geburtstag zum hundertsten Mal. Darauf folgen Berichte, die jeden der Preisträger charakterisieren, und am Schluß fordert der Vortragende den Preisträger auf, die Stufen zur Bühne hinunterzuschreiten und aus der Hand des Königs die Mappe mit der Urkunde und das Etui mit der großen goldenen Medaille zu empfangen, die auf einer Seite das in Gold geprägte Porträt Alfred Nobels und auf der anderen Seite den Namen des Laureaten trägt. In den Pausen ertönen Beethoven und Grieg.

Grieg ist einer meiner liebsten Komponisten. Mit ganz besonderem Genuß lauschte ich seiner Musik vor dem Bericht von Per Gallström, der mir galt.

Die letzte Minute war für mich sehr bewegend. Gallströms Rede war nicht nur ausgezeichnet, sondern ausgesprochen herzlich. Nachdem er geendet hatte, wandte er sich liebenswürdig-zeremoniös auf französisch an mich.

»Iwan Alexejewitsch Bunin, haben Sie die Freundlichkeit, in den Saal hinunterzugehen und aus den Händen Seiner Majestät den Nobelpreis 1933 für Literatur entgegenzunehmen, der Ihnen von der Schwedischen Akademie zugesprochen worden ist.«

In dem darauf eintretenden tiefen Schweigen schritt ich langsam über die Bühne und stieg die Stufen hinunter bis vor den König, der sich bei meinem Nahen erhob. In dieser Sekunde erhob sich auch der ganze Saal, mit angehaltenem Atem, um zu hören, was er mir sagen und was ich ihm darauf antworten würde. Er begrüßte mich und in meiner Person die ganze russische Literatur mit einem besonders wohlwollenden und festen Händedruck. Mit einer tiefen Verbeugung antwortete ich auf französisch: »Sire, ich bitte Eure Majestät, den Ausdruck meiner tiefen und ergebenen Dankbarkeit entgegennehmen zu wollen.«

Meine Worte gingen in brausendem Beifall unter.

Der König gibt am Tag nach der festlichen Preisvergabe zu Ehren der Preisträger ein Essen im Schloß. Und am Abend des 10. Dezember, fast unmittelbar nach dem Ende des Festakts, werden sie zu einem Bankett gebeten, mit dem sie das Nobelpreiskomitee ehrt.

Den Vorsitz bei diesem Bankett hat der Kronprinz inne. Als wir ankommen, sind wieder sämtliche Mitglieder der Akademie versammelt, die ganze Königliche Familie und der Hof, das Diplomatische Korps, die künstlerische Welt Stockholms und weitere geladene Gäste.

Das erste Paar, das zur Tafel schreitet, ist der Kronprinz und meine Frau an seiner Seite, die dann im Zentrum der Tafel Platz nehmen.

Mein Platz ist an der Seite der Prinzessin Ingrid – heute die dänische Königin – vis-à-vis vom Bruder des Königs, dem Prinzen Eugen (einem bekannten schwedischen Maler).

Der Kronprinz hält die erste Tischrede. Er ist ein glänzender Redner und widmet seine Ansprache dem Gedenken an Alfred Nobel.

Dann sind die Preisträger mit ihren Reden an der Reihe.

Der Prinz spricht von seinem Platz aus. Wir aber müssen an ein erhöhtes Pult treten, das in der Tiefe des ebenfalls riesigen Bankettsaals im normannischen Stil aufgestellt wurde. Das Radio trägt unsere Worte von diesem Pult aus über ganz Europa hin.

Hier der genaue Text meiner Rede, die ich französisch gehalten habe:

»Königliche Hoheit, meine sehr verehrten Damen, sehr geehrte Herren. Am 9. November, fern von hier, in einer uralten provençalischen Stadt, in einem ärmlichen

Landhaus, verkündete mir das Telefon die Entscheidung der Schwedischen Akademie. Es wäre nicht wahrheitsgetreu, wenn ich sagen würde, wie es in ähnlichen Fällen üblich ist, das wäre die stärkste Erschütterung meines Lebens gewesen. Ein großer Philosoph hatte recht, als er sagte, daß sämtliche Gefühle der Freude, sogar die allerstrahlendsten, im Vergleich mit den Gefühlen der Trauer nichts bedeuten. Ohne dieses Fest, das für mich zeit meines Lebens eine unvergeßliche Erinnerung bleiben wird, auch nur im leisesten verdüstern zu wollen, erlaube ich mir zu sagen, daß das Leid, das mir in den letzten fünfzehn Jahren widerfuhr, meine Freude bei weitem überstieg. Und dieses Leid war nicht ein persönliches – ganz und gar nicht! Jedoch kann ich auch behaupten, daß unter allen Freuden meines Schriftstellerlebens dieses kleine Wunder der modernen Technik, dieser Telefonanruf aus Stockholm in Grasse mir, dem Schriftsteller, die vollkommenste Genugtuung gewährte. Der Literaturpreis, von

Ihrem großen Mitbürger Alfred Nobel gestiftet, ist die höchste Krönung eines Schriftstellerdaseins. Ehrgeiz ist beinahe jedem Menschen und jedem Autor eigen, und ich war unendlich stolz, daß dieser Preis mir von solchen kompetenten und objektiven Richtern zugesprochen wurde. Aber habe ich an jenem 9. November nur an mich selbst gedacht? Nein, das wäre allzu egozentrisch. Nachdem die glühende Erregung durch die Flut der ersten Glückwünsche und Telegramme verebbt war, in der Stille und Einsamkeit der Nacht, dachte ich an die tiefe Bedeutung dieser Entscheidung der Schwedischen Akademie. Zum ersten Mal, seit Begründung der Nobelstiftung, haben Sie diesen Preis einem Verbannten verliehen. Denn – wer bin ich eigentlich? Ein Verbannter, der die Gastlichkeit Frankreichs genießt, eines Landes, dem gegenüber ich ebenfalls ewige Dankbarkeit bewahren werde. Meine Herren Akademiemitglieder, gestatten Sie mir, meine Person und mein Werk beiseite zu lassen und Ihnen nur zuzurufen, wie wunderbar schon Ihre Geste ist! In der Welt müssen Sphären absoluter Unabhängigkeit existieren. Um diesen Tisch haben sich ohne Zweifel Repräsentanten verschiedenster Meinungen, verschiedenster philosophischer und religiöser Ansichten versammelt. Aber etwas Unerschütterliches vereint uns alle: Die Freiheit des Gedankens und des Gewissens, die wir der Zivilisation zu verdanken haben. Für einen Schriftsteller ist diese Freiheit unabdingbar – sie ist für ihn ein Dogma und ein Axiom. Und Ihre Geste, meine Herren Akademiemitglieder, hat abermals bewiesen, daß die Liebe zur Freiheit das wahre nationale Ideal Schwedens ist.

Und nun noch einige Worte, um diese kurze Rede abzuschließen. Meine Hochschätzung Ihres Königshauses, Ihres Landes, Ihres Volkes, Ihrer Literatur ist älter als der heutige Tag. Die Liebe zu den Künsten und zur Literatur gehörte schon immer zu den Traditionen des schwedischen Königshauses und der gesamten edelgesinnten schwedischen Nation. Gegründet von einem ruhmreichen Krieger, ist die schwedische Dynastie eine der ruhmreichsten der ganzen Welt. Möge es Seiner Majestät dem König, dem Ritterkönig eines Rittervolkes, gefallen, die ergebensten und herzlichsten Gefühle eines fremdländischen freien Schriftstellers, der von der Schwedischen Akademie einer solchen Aufmerksamkeit gewürdigt wurde, entgegenzunehmen.«

Anhang

Anmerkungen der Übersetzerin

Seite 9

Freund, russ. »drug«, von »drugoj«, der andere, gilt sowohl für einen Mann als auch für eine Frau (*ami* und *amie*). Es bezeichnet jedes Du, jeden nahestehenden und vertrauten Menschen: Die Briefschreiberin ist ein »unbekannter Freund« des Adressaten, eines »unbekannten Freundes« seinerseits.

Seite 38

Kissa Kuprina: K. A. Kuprina (geboren 1908), Schauspielerin, Tochter des mit Iwan Bunin zeitweilig befreundeten Schriftstellers A. N. Kuprin.

Seite 40

Tolstoj: 1897 sollte Lew Tolstoj für den ersten Nobelpreis für Literatur nominiert werden. Als er davon erfuhr, wandte er sich mit einem offenen Brief an das Stockholmer Tageblatt, in dem er seinen Verzicht auf den Preis zugunsten einer russischen Sekte (»Duchobery«) aussprach. Als 1902 ein »Parnassien« und Vorläufer des französischen Symbolismus, Sully Prudhomme (René-François-Armand), ausgezeichnet werden sollte, richtete eine Gruppe schwedischer Künstler und Intellektueller (darunter Strindberg und Selma Lagerlöf) ein Protestschreiben an die Akademie, schlug Tolstoj vor und sandte das Schreiben auch Tolstoj zu. Zum letzten Mal wurde über Tolstojs Kandidatur zum Nobelpreis 1906 diskutiert. Sobald Tolstoj davon erfuhr, bat er einen schwedischen Bekannten, seine Ablehnung der Auszeichnung möglichst diskret an die Schwedische Akademie zu übermitteln. Seine Bitte wurde erfüllt.

Seite 45

Nikolaj-Linie: Eisenbahnlinie Moskau–St. Petersburg (649 km), deren Bau 1842 von Zar Nikolaj I. angeordnet und die 1851 eröffnet wurde.

Leben und Werk Iwan Bunins
Eine Zeittafel

1870	Iwan Alexejewitsch Bunin wird als eines von neun Kindern am 22. Oktober in Woronesch geboren. Seine Familie, die polnische Wurzeln hat, gehört dem Landadel an, verarmt jedoch in der ersten Zeit nach seiner Geburt. Bunin ist zeitlebens besonders stolz darauf, zu seinen Vorfahren die Dichterin A. P. Bunina und den Dichter W. A. Schukowski zu zählen.
1886/87	Bunin beginnt zu schreiben, 1887 wird sein erstes Gedicht »Nischtschi« publiziert.
1889–91	Bunin tritt eine Stelle als Redaktionsassistent bei der lokalen Zeitung »Orlowski westnik« an. Bald ist er de facto der Redakteur und veröffentlicht dort seine Kurzgeschichten, Gedichte, Rezensionen und Kommentare. Nach einem Streit mit dem Inhaber kündigt er im Sommer 1891. Er beginnt eine Affäre mit seiner Kollegin W. W. Paschtschenko.
1894	Bunin hat verschiedene Stellen. Er trifft Lew Tolstoj in Moskau und zählt fortan zu

seinen Verehrern. Als er illegal Tolstojs Bücher vertreibt, wird er zu drei Monaten Gefängnis verurteilt, muß aber dank einer Amnestie die Haftstrafe nicht verbüßen. Paschtschenko verläßt Bunin, um den Schauspieler und Schriftsteller A. N. Bibikow zu heiraten. Bunins Familie fürchtet, er könne sich das Leben nehmen.

1894/95 Der für ihn aufgrund der Trennung traumatische Winter 1894/95 wird zum Wendepunkt in seinem Leben, da er – wie er später an Freunde schreibt – zu reisen beginnt und in literarischen Kreisen verkehrt.

1896 lernt Bunin Anton Tschechow kennen, mit dem er sich anfreundet. Er hat keine feste Stelle und daher auch kein regelmäßiges Einkommen, kann jedoch immer wieder kleinere Prosatexte in Zeitungen unterbringen. Er übersetzt *The Song of Hiawatha* von Henri Wadsworth Longfellow ins Russische.

1897 Der erste Prosaband *Ans Ende der Welt* (Na kraj sweta) erscheint.

1898 lernt er die schöne, damals achtzehnjährige Anna Zakni kennen, die er überstürzt am 23. September heiratet. Übersiedlung nach Odessa, der Gedichtband *Unter freiem Himmel* (Pod otkrytym nebom) erscheint.

1899/1900 Seine Ehe beginnt bereits zu kriseln. Er zieht nach Moskau, lernt Maxim Gorki kennen, die beiden werden Freunde. Ende März trennen er und seine Frau Anna sich. Am 30. August wird sein Sohn Nikolaj geboren. Erzählung *Die Antonäpfel* (Antonowskie jabloki)

1901 Die erste Dekade des neues Jahrhunderts bringt für Bunin den Durchbruch als Schriftsteller und Tschechow sagt ihm eine große Karriere voraus. Nach seinem Gedichtband *Wenn das Laub fällt* (Listopad) erscheinen in den kommenden Jahren fünf weitere Bände mit Werken in Gorkis Verlag Snanije. 1903 erhält er von der Russischen Akademie den Puschkin-Preis für *Wenn das Laub fällt* und für die Übersetzung von *Hiawatha*.

1905 Am 16. Januar stirbt sein Sohn Nikolaj, den Bunin kaum je zu Gesicht bekommt, an einer Kombination aus Scharlach, Masern und einer Herzschwäche.

1906 Bunin lernt die Chemiestudentin Wera Nikolajewna Muromzewa kennen, mit der er fortan zusammen lebt.

Das Paar macht in den nächsten Jahren ausgedehnte Reisen in die Türkei und den Nahen Osten sowie nach Ägypten, Indien und Ceylon. In Rußland leben sie in Moskau und auf dem Familiensitz der Bunins Glotowo.

1910–14 1910 Erzählung *Das Dorf* (Derevnja); 1912 Prosaband *Ssuchodol* (Suchodol)

1914–18 Während des Ersten Weltkriegs leben Wera und Iwan hauptsächlich in Moskau oder auf Glotowo. 1915 erscheint eine sechsbändige Ausgabe mit seinen Werken im Verlag von A. F. Marks. In diesem Jahr publiziert er auch seine berühmteste Kurzgeschichte *Der Herr aus San Franzisko* (Gospodin iz San Francisco). Ab 1916 leidet er unter einem Schreibblock. Er beklagt sich Freunden gegenüber über seine Ohnmacht als Schriftsteller angesichts des Todes von Millionen von Menschen.

Bunin verachtet die Revolution von 1917 und bricht infolgedessen mit seinem alten Freund Maxim Gorki.

1918 Bunin und Wera reisen nach Odessa, wo sie die nächsten Jahre verbringen werden und Bunin für eine antibolschewistische Zeitung schreibt.

1920 Die beiden können vor dem endgültigen Fall Odessas mit dem Schiff nach Konstantinopel fliehen. Sie emigrieren nach Frankreich.

1920–39 Bunin läßt sich von seiner ersten Frau scheiden und heiratet 1922 in Paris Wera

Nikolajewna. Die Bunins leben in Paris in der Rue Jacques Offenbach 1 und in Grasse in der Provence. 1923 schreibt Bunin die Erzählung *Ein unbekannter Freund* (Nesnakomy drug). Ihr häusliches Leben ist unkonventionell. Ab Mitte der zwanziger Jahre beherbergen sie immer wieder Gäste, unter anderem Galina Kusnezowa, mit der Bunin eine längere Affäre hat, die Mitte der dreißiger Jahre abrupt endet, als sie Bunin für Margarita Stepun verläßt.

1925 Erzählung *Mitjas Liebe* (Mitina Ljubow) in Paris; schreibt an den Erzählungen *Sonnenstich* (Solnetschny udar) und *Notre Dame de la Garde.*

1926 In Paris lernen sich Bunin und Thomas Mann kennen. Mann schätzt Bunin sehr: »Lieber wollte er etwas über *Mitjas Liebe* hören, und wahrhaftig brauchte ich mich zur Bewunderung auch dieser Eindringlichkeit nicht zu zwingen ...«

1927 Bunin arbeitet an dem Roman *Das Leben Arsenjews* (Schisn Arsenjewa), bis 1938.

1933 Bunin ist auf der Höhe seines literarischen Ruhms angelangt, als er am 10. Dezember den Nobelpreis für Literatur als erster russischer Schriftsteller in Stockholm entgegennimmt. Der Jubel unter den russischen Emigranten ist groß. In den folgenden Jahren erscheinen seine *Gesammelten Werke* in elf Bänden im Berliner Verlag Petropolis.

1935 Bunin gibt sein Tagebuch aus den Jahren 1918/19 unter dem Titel *Die verfluchten Tage* (Okajannye dni) in Berlin heraus.

1939–45 Die Kriegsjahre verbringen die Bunins in Grasse, wo sie unter den Rationierungen leiden und vor allem unter der drohenden Gefahr der Entdeckung, da sie oft illegale Flüchtlinge beherbergen. Aufgrund der Intervention amerikanischer Freunde erhalten sie Nansen-Pässe, um in die Vereinigten Staaten auszureisen, bleiben jedoch in Frankreich. 1943 erscheint der Prosaband *Dunkle Alleen* (Tjomnye allei) in New York.

1945 Bunin und seine Frau kehren nach Paris in ihre Wohnung an der Rue Jacques Offenbach zurück, wo er den Rest seines Lebens verbringt. Ende der vierziger Jahre verschlechtert sich sein gesundheitlicher Zustand rapide. Er arbeitet an einem Buch über Tschechow, das seine Frau nach seinem Tod abschließt. Er verbringt viel Zeit damit, seine Papiere durchzugehen und eine endgültige Werkausgabe zu kommentieren.

1950 *Erinnerungen* (Vospominanija) in Paris.

1953 Am 8. November 1953 stirbt Iwan Bunin verbittert, desillusioniert und schwer krank in Paris. Er liegt auf dem Russischen Friedhof von Sainte-Geneviève-des-Bois begraben.

Swetlana Geier, geboren in Kiew, hat so bekannte Autoren wie Dostojewskij, Tolstoj, Solschenizyn, Platonov, Belyj und Sinjawskij ins Deutsche übertragen. Für ihre Übersetzungen wurde sie vielfach ausgezeichnet, zuletzt 2001 mit dem Wilhelm Merton-Preis. Sie lebt in Freiburg im Breisgau.

Fjodor Dostojewskij

Verbrechen und Strafe

Roman

Aus dem Russischen neu übersetzt von Swetlana Geier

Band 12997

Raskolnikow entstammt einer verarmten bürgerlichen Familie. In der schrankähnlichen Enge seines Zimmers ist der »euklidische Verstand«, der der Diener des Lebens sein sollte, zum Herrscher geworden. Raskolnikow ist Utilitarist. Um eines naturgemäß unklar gefaßten Begriffs des wissenschaftlichen oder sozialen Fortschritts willen, scheint es ihm erlaubt, eine alte Wucherin, die »nicht besser als eine Laus ist«, zu töten und mit dem geraubten Geld sein Studium zu finanzieren. Sein Herz wehrt sich ebenso wie sein Unterbewußtsein gegen die geplante Tat, doch von sozialer Not gedrängt und gefangen in lebensfeindlichen Ideen, wird er zum Mörder. Das Delirium und die grenzenlose Einsamkeit, die dem Verbrechen folgen, lassen ihn erkennen, daß die Funktionen des »euklidischen Verstandes« nicht die einzige bestimmende Dimension der menschlichen Persönlichkeit ausmachen. Leidvoll, aber bereichert durch die einfühlsame Scharfsicht des Untersuchungsrichters Porfirij und durch die frisch erwachte Liebe zu Sonja Marmeladowa, erfährt er, daß der Weg aus der Vereinsamung nur über Geständnis *und* Strafe führen kann. Auch wenn die »Reue« ihm eher fremd ist, die Liebe errettet ihn schließlich.

Fischer Taschenbuch Verlag

fi 1561 / 7

Fjodor Dostojewskij

Der Idiot

Roman

Aus dem Russischen neu übersetzt von Swetlana Geier

Band 13510

Im Mittelpunkt dieses Romans steht Fürst Myschkin, ein tragischer Don Quijote, der als »wahrhaft guter Mensch« über die dünne Kruste wandelt, unter der die Themen der Zeit widerhallen: Rußland und Europa, östliche Mystik und Religiosität gegen Industrialisierung, Eisenbahnen und Nihilismus. Fürst Myschkin kehrt von einem Sanatoriumsaufenthalt in der Schweiz nach St. Petersburg zurück. Im Zug lernt er Rogoschin kennen, der von seiner Leidenschaft zu Nastassja Filippowna erzählt, einer »gefallenen Frau«. Rogoschin zieht ihn in ein Dreieck: Aus den sich auf ihn zustürzenden Figuren kann Myschkin sich nicht mehr befreien, noch kann er Rogoschin von einem Mord zurückhalten. Am Ende ist er wie vor dem Sanatoriumsaufenthalt ein »Idiot«, ein heiliger Narr, der dem 19. Jahrhundert und uns einen Spiegel vorhält.

Fischer Taschenbuch Verlag

fi 1521 / 5

Joseph Brodsky
Ufer der Verlorenen
Aus dem Italienischen von Jörg Trobitius
Band 14960

Joseph Brodskys Liebeserklärung an Venedig, »die Stadt des Auges«, die auf keinem festen Fundament steht, ist eine hymnische Hommage an das winterliche Venedig, an seine Kunst, seine Architektur, seine inspirierende Schönheit. Ein Buch, das die Lagunenstadt in jenem klaren Licht heraufbeschwört, das den Bildern Canalettos eigen ist.

»Brodskys ›Ufer der Verlorenen‹ gehört zum
Poetischsten und Tiefsinnigsten, was in unserer Zeit
über die schönste Stadt der Welt gedacht
und geschrieben worden ist«
Die Welt

Fischer Taschenbuch Verlag

fi 14960 / 1

Joseph Brodsky

Von Schmerz und Vernunft

Hardy, Rilke, Frost und andere

Aus dem Amerikanischen von Sylvia List

Band 14176

»Brodsky ist ein Dichter von höchster Kultiviertheit; souverän bedient er sich der literarischen Überlieferungen, die er nach Modellen und Archetypen menschlichen Verhaltens abfragt. In diesem Sinn behandelt er die Problematik des Einzelnen gegenüber dem Zentrum der Macht. Das ist große philosophische Lyrik, welche die beiden Pole unserer Existenz umspannt: die Liebe, wie sie erlebt und erlitten wird, und den Tod als Vorahnung, als Angst. Der Liebe, wie dem Tod nähert er sich in diesen Gedichten mit einer Intensität an, die religiös genannt werden darf und die ihn als authentischen Nachfolger der großen metaphysischen Dichter Englands aufweist. Und gerade als Russe kann Brodsky, indem er eine alte westliche Tradition wieder aufnimmt, die Einheit der europäischen Kultur glaubhaft machen.«

Fischer Taschenbuch Verlag

fi 763 / 7

Susan Sontag

Prosa

Ich, etc.
Erzählungen
Aus dem Amerikanischen von Marianne Frisch
Band 5240

Der Wohltäter
Roman
Aus dem Amerikanischen von Louise Eisler-Fischer
Band 11414

Der Liebhaber des Vulkans
Roman
Aus dem Amerikanischen von Isabell Lorenz
Band 10668

Todesstation
Roman
Aus dem Amerikanischen von Jörg Trobitius
Band 13794

Fischer Taschenbuch Verlag

fi 555 037 / 2 / a

Orhan Pamuk

Rot ist mein Name

Roman

Aus dem Türkischen von Ingrid Iren

Band 15660

Ein Toter kehrt zurück. Aus der Tiefe eines Brunnens spricht der erschlagene Vergolder Fein Effendi – er kennt seinen Mörder und auch das Motiv für die Tat. Es ist das Jahr 1591: Es gibt einen Komplott gegen das gesamte Osmanische Reich, seine Religion, seine Kultur und seine Traditionen. Und darin verwickelt sind die Buchmaler, die Kollegen des Ermordeten, die für den Sultan zehn Buchblätter bemalen sollen, die zum islamischen Jahr Eintausend dem venezianischen Dogen zu überbringen sind. Der Auftrag aber widerspricht dem islamischen Bilderverbot – die Welt darf nicht aus der Sicht des Menschen gestaltet, der Künstler nicht an die Stelle Gottes gesetzt werden. Soviel ist klar: Der Mörder befindet sich unter den Künstlern, und sein Stil wird ihn entlarven. Und dann ist da noch der ehemalige Illustrator Kara, der nach zwölf Jahren aus dem fernen Persien nach Istanbul zurückgekehrt ist, um das Herz der schönen Seküre zu erobern. – Ein farbenprächtiges orientalisches Märchen, ein spannender Krimi und eine hinreißende Liebesgeschichte.

Fischer Taschenbuch Verlag

fi 15660 / 1

Orhan Pamuk

Das schwarze Buch

Roman

Aus dem Türkischen von Ingrid Iren

Band 12992

Der Held dieses türkischen Romans – ein etwas windiger Anwalt namens Galip – entdeckt eines Tages, daß seine Frau und sein Cousin verschwunden sind. Er macht sich auf die Suche und glaubt zuweilen, ihnen näherzukommen, aber Istanbul wird ihm immer mehr zu einem Labyrinth geheimer Hinweise, in dem er nicht nur die beiden, sondern auch sich selbst verliert. Der eigentliche Protagonist dieses Romans ist die Stadt Istanbul. Orhan Pamuk ergründet für uns ihre Tiefen, ihre Verborgenheiten und ihre sich überlagernden Schichten, er taucht hinab in die unterirdischen Gänge, auf denen die moderne Großstadt sich erhebt – Byzantion, Byzos, Nova Roma, Konstantinopolis – die vielen Gesichter einer Hauptstadt, die am Schnittpunkt zwischen Europa und dem Nahen Osten liegt, zwischen Geschichtsträchtigkeit und moderner Urbanität.

Fischer Taschenbuch Verlag

fi 800 / 8

Markus Werner
Am Hang
Roman
192 Seiten. Gebunden

Der junge Scheidungsanwalt Clarin freut sich auf ein ungestörtes Pfingstwochenende in seinem Tessiner Ferienhaus. Am ersten Abend lernt er auf der Terrasse eines Hotels einen älteren Mann kennen, einen scheinbar Verwirrten, einen Verrückten vielleicht. Sie reden und debattieren bis tief in die Nacht, und allmählich erzählen sie sich auch ihre Geschichten und Liebesgeschichten. Was als stockendes Gespräch zwischen Zufallsbekannten begonnen hat, entwickelt eine fiebrige, beklemmende Dynamik, der sich weder Clarin noch der Leser entziehen kann.

Aus einer vielleicht nicht zufälligen Begegnung zweier Fremder entwickelt sich eine Parabel über das Leben, die Liebe, die Treue – und ein kriminalistisches Abenteuer, das am Pfingstsonntag ein ungeahntes Ende nimmt.

»Die Romane dieses Schriftstellers …
sind Gipfelpunkte der Literatur.«
Frankfurter Rundschau

S. Fischer

fi 1-091066 / 1